愛情 物理學

사랑의 물리학

金寅育 김인육 著

劉芸 譯

目錄

II 火窯三溫暖

自序

我不僅對詩所擁有的節奏感愚鈍，也不太感興趣，詩中所呈現的風景般美感也生疏無比。以此角度看來，我是個嚴重缺乏其天分與特質的詩人。

如今，如歌如畫的詩無法足以代表現代詩了，可是對我而言，喜歡將語言所具有的意符與表徵這兩者之間，視為詩的刀刃，攪亂秩序，或透過它們製造驚慌與緊張，並為這種生疏感驚奇，為突發的文字遊戲驚嘆深感惋惜，也常為過於著重玩弄文字的趨勢感到落寞。

我認為詩的美德，不在於令人耳目一新的文字遊戲、節奏及象喻中，它應該著重於與世界之間建構的人生故事，且相信詩的故事性才是呈現這世界最佳方式。

當然，故事單靠寫實或抽象方式所描繪的象喻，多少會帶來一些侷限，可我深愛著這種以純樸的描述方式寫出充滿深厚真實的詩。

I　冒牌老于

圓寂

不要回頭
更不要哭泣
楓葉般的小手，
揮別的蹤影
那不是我的過往
我要走了

五濁*的
所有窮理結束時，
娑婆世界的所有緣分
如立冬的紅柿熟透時，
曲曲折折的人生
拂去匪夷所思的一生花席
打開世界最低門檻的法門
解脫四射一粒粒的金色光芒
我將遠遠的
離去。

* 佛教術語，是指劫濁、見濁、煩惱濁、眾生濁、命濁等五種渾濁不淨之法。

冒牌老于

有時這世界真假難辨

十九歲收起書包
五十年來
仿冒名牌包的冒牌技術者老于
世人，如此嘲諷他

老千～老千～
千夫所指
冒牌包老千
面對有如冒牌的世界，口不出惡言
那點冒牌世界的羞辱
嘟嚕嚕，用縫紉機封住
來源不明的委屈工工整整的剪去
地址不詳的發怒靜靜地裁掉
有時候，散發陰森霉味的艱困
如壞掉的拉鍊牙齜裂齒
呵呵呵
付之一笑帶過的魔術師老千

將如狗屎般的世道
變成了不起狗屎世界
咯咯咯迎笑著，一身狗屎味名牌之流的東西
「鏘」一聲放下光鮮亮麗的狗屎
比名牌還要善良
名牌老于的，冒牌路，易，威，登

重光*啊！抹布啊！

抹布和尚
重光啊！你錯了

人生，
「徒勞一場空」，
終究一死，生來就是個錯誤

雖這是你此生最後的話別
對不起，
重光啊！你錯了

來時如手帕
走時如抹布的一生
也許你不甚滿意
可對那抹布，變成抹布般的人生，我致最高敬意
那兒，市場角落滿臉風霜的老太太

---

*重光是抹布和尚名字。

有如晚秋的紅柿
隨時，咚，搖搖欲墜的生命
你瞧靠一堆青菜燒身供養的一生
為了保住被父母丟棄的孩子們
整天，
有如口香糖黏在市場裡
你瞧那偉大的抹布，
你看那思維菩薩。

反諷的家譜

父親是企業家的
窮光蛋承宰手機最新款
因為太窮了，有台以母親為名的啵亮轎車
像隻賊貓偷偷摸摸的上學
討厭免費的晚自習而蹺課
上一科目數十萬的一對一補習

只因這傢伙太窮了通通都免費
學費免費
課後輔導免費
午餐免費
畢業旅行也免費
因為太窮了學費當然全免
午餐費也全免
赤貧如洗的他
總是能獲得最新免費
他乞討的如此理直氣壯
理直氣壯到讓人噁心的冒冷汗

會吵的小孩有糖吃果然是真理
你看那小雛燕
剛剛才被母燕餵過的小傢伙
張大著嘴要死要活的哭叫
然後飛快的狼吞虎嚥
臉皮有夠厚的
不管人云亦云，吃飯皇帝大
這樣才能活
存，活，下，去

可人怎能如此
我，呸——呸——呸——

49 砸場之徒

砸場之徒
手氣有什麼屁用
你們這群人
不要以為好運當頭就得意忘形
我可是49砸場之徒

還有兩個讀高中的女兒
已是四十九歲的我朋友
朝著遺棄他的世界
耍著酒瘋怒吼後
窘厄的空酒瓶塞在角落裡
曾是前途一片光明的傢伙
刁難不易的世道
燒酒兩瓶就醉倒的人生

短暫的好運
短暫的青春
塞在角落裡的空酒瓶訴說了一切

所謂的四十九
說是成功還稍嫌不足的歲月
一不小心
如鬼牌輕易被遺棄的徒勞數字
重新開創新局
深怕又是一手鬼牌的年紀

管他，手不手氣的
連站都站不穩
只能
靠著酒力狂吠的
去他媽的49手氣，

路邊酒篷

沉醉了，
抖動的紅色路邊酒篷
沉醉了男人的瞳孔
委屈的如月亮般膨脹的女人
行走於水裡的月兒，光著腳走去的女人

忽成了鳥
忽成了風

男人以烈酒沉醉自己
昏暗的恥辱潛入夜裡
紅通通的酒氣如月般升起
沉醉了，男人
活吧！活吧！往青山去也*
逃走的狐狸
失去重心的空酒瓶
沉醉了

---

* 高麗歌謠〈青山別曲〉中的歌詞。

滿是飄浮不定的眼神
散發著化學、石油的氣味

成了空蕩蕩的酒瓶
如同蛇脫掉的皮
荒謬之至

又不是青山
四方突如飛來的群石
男人黑乎乎的沉醉了。

衣架曼荼羅

我，越過世界的夜晚
脫掉恥辱的外衣求他超渡
好似理解、像似寬恕
他始終不語
有如抱著佛祖睡覺的傅大士*的偈頌
緊抱著沾染塵埃的日常生活

是要陪我一起熬過此夜
人生無常
將自己視為燈火
是要傳達這最後話語

終使不聞不問
彷彿早已了解，痛苦的極點
如須跋陀羅靜靜地抱住我
為了最後的安息
像是要打開棺蓋進去似的

* 南北朝梁武帝時人，一生未曾出家，以居士身分修行佛道，為著名的佛教居士，被後世推崇為禪宗的先驅人物。

吱嘎，打開衣櫃望著他
面壁著一個疑惑重重的問號
拭去所有虛無的幻影
彷彿最後的意識
只留下金剛骨
宛如娑羅樹以懷珠韞玉的抱著我

鎖史

開天闢地以來
神祕的此處存在於下半身的小洞穴裡
那裡又軟又滑的微突起物
起起伏伏隱密的鼓起
只容納一個鑽子的空間
人類斷然拒絕與任何人勾結

神祕之門
唯一的鑽子打開時
雙臂
哆哆嗦嗦，如失了魂的青蛙伸直
全身如神燈般連連驚嘆
主動的為主人開放

進入近代史，
神祕的此處
急速的失去神祕性
各式各樣的鑽子試圖開啟
頻頻發生意想不到的私通與開放

與無視開放的混亂社會現象一起
神祕的此處位於隱密的下半身
全身上下暴露，進行大變化

按下此處乳頭模樣的按鈕
帶有高敏感度的感應器
比起堅硬的鑽子，要求
柔軟更纖細的撫摸。
在打開身體之門為止
碰觸到的每個按鈕散發耳目一新的音色
最終在漫長感官的嗲聲打開身體沉醉

總結是，

只容許唯一鑽子的壟斷與獨霸年代已過
成為與大家共享自由民主的數位開放世界
雖，對下半身隱密性存有鄉愁的少數保守派
如今歷史在複製數個鑽子之下
無法抵擋共享的開放社會。

黃豆芽

請肅敬，
那蠕動的小生命
從大千世界中探出頭來
敬渾身解數成長的這神聖，乾杯！
脫掉頭巾
垂下頭來

許願的
這純真的默禱！

請勿擔心林巨正[1]

就算沒路了也要走下去不是嗎
抖著炯炯有神眼睛的那弓忽[2]，是山是谷
昨晚的暴雪與勁風
吹拭了塵緣與依戀
吹沒了義賊與逆賊之路
最後連碧松的肩膀也吹斷

就算沒路了也要走下去不是嗎
朝鮮八道善良的野花、淚水啊
被稱為白丁[3]又如何？被冠上盜賊又怎樣
逆賊、逆盜又有何異
如果一定要走，
我願為你化成路
在祁州漏蘆[4]咳血而成的墓

1 林巨正，朝鮮時代劫富濟貧的大盜。
2（作者註）黃海道九月山，原為弓忽山，後改稱九月山。為檀君與林巨正傳說的發源地。
3 朝鮮賤民一種。
4 安國古稱「祁州」，古祁州有藥州之譽。漏蘆為中草藥，花色呈紫紅色。

埋掉被五馬分屍的加都致老哥[5]
將沸騰的藥草替代淚水刻印於心頭
我將去矣，必定去矣
磕拜凝集檀君[6]爺爺苦思
而成的九月山思王峰
屈膝跪磕阿斯達[7]山神
聽不懂如雲的話語
如天的我，將去矣
嗚呼哀哉，豈止是淚水
只是那赤熱的太陽在心中冉冉升起
殷栗[8]旁的載寧[9]，終究早晨展開朝鮮國境之最
白丁也好逆賊也罷我那悲慘的經歷
就算朝鮮八道紅塵滾滾

或如磨破的草鞋全身支離破碎
奔啊跑啊朝著明日走去
所以不要哭啊
朝鮮的野花，千瘡百孔的祁州漏蘆啊
風雨如發狂的豺狼奔來
不要哭了，就算昨日哭過，明天不要哭啊
你是這大地的主人
是神聖的基石

5 加都致為林巨正兄長。
6 韓國朝鮮共認的大韓民族始祖。
7 傳說中朝鮮半島第一個王朝檀君朝鮮的首都。
8 朝鮮半島黃海道地名。
9 朝鮮半島黃海道地名。

而你開了又開
為今天作證吧
一群瘋狂走狗與汙吏擔心的男人，
擔心，擔心成了巨正[10]的悲慘傳說，
請為這些浸染熱血的道路作證吧
啊！朝鮮那齷齪的血統
朵朵刺痛的野花呀！

10 韓語中「擔心」，與「巨正」這兩個詞彙的發音極其相似。

希望公車在中午出發

希望公車在中午出發了
從首爾往釜山奔去
乘載著霪雨灌滿的希望
乘載著資本撐爆的絕望
出發了
希望的前往，絕望的相遇

相遇後絕交
就算悲傷我也得活下去
就算悲痛我也得活下去*
勞動與公僕
家庭與生活
就算悲傷我們也得活下去
就算悲痛我們也得活下去
開發與利益
權力與資本
慢條斯理舉起天空的影島大橋
如今動彈不得

* （作者註）連續劇《明成皇后》ＯＳＴ〈若我離去〉中的歌詞。

一天好幾回

開天闢地的美麗傳說
如壁櫥、佛具般堅硬的凝固起來
從釜山影島，明洞街道，灰色工作服
解除希望
撤除勞動
奔了又奔
打不開的路
開啟不了的天空
啊
佛具般堅硬的十月，
真他X的，

秋天的備忘錄

想好最後的姿態
露著冰冷的眼神佇立的秋樹
有如太陽西下染成的美好夕陽
希望離去的背影也如此美麗
有誰不曾
談過熾熱的愛情
有誰不曾

經歷過椎心之痛的離別
秋天
挑選紅黃哭啼的顏色
如火花般燃燒著盡頭

珍藏著昔日光輝的秋樹
他懂
紛紛掉落的葉子
呼喚著思念的名字
以拭去孤寂絕望的方法
以懇切的色彩
閉上眼睛也能憶起的鮮活面孔
在內心深處以刻劃年輪的方法

致冬樹

手舉直站好！
樹木在罰站
長時間在陰暗的走道上高舉雙臂立著
你有如老師般不見人影
化成風噗滋的笑著
哐啷哐啷的震動玻璃窗溜走

樹木罰著站
苦思不解
我到底做錯了什麼？
洗劫一空還要赤裸裸的罰站
到底什麼罪名讓我這般委屈？

苦思過後長出陽光
明媚的春光搖搖擺擺走來
藏在腰間令人思念的一眉毛
害羞地眨呀眨呀的睜開眼睛
在癢滋滋的腋窩隙縫中綻開花朵
花朵化為一絲絲的愛
噢！芬芳的開花呀！

樹木高呼萬歲
唱起歌來
揮舞著
手中的旗幟
愛情、聲譽、名字毫無保留著齊奔吧*
高唱著熾熱的革命之歌

過了秋天
褪色的旗幟一一跪下
很快地遺忘革命之歌
錯開愛情的枝梢
苦思的紅通通果實因寒霜而凋謝
雖久久哭泣

可不曾有人相隨
天空飄起訃聞般的白雪
你遺忘似的沒有回來有時
很想禱告
為越是孤獨越熾熱的
我那可憐的愛情
為越是接近冬天越鮮明的
革命的紅色年輪

冬樹
在沒有可揮舞的旗幟下

---

*（作者著）〈迎向愛人的進行曲〉中的歌詞。

一會兒搖擺樹枝
一會兒禱告
一會兒高喊回憶萬歲
手舉直站好！
挨著寒風刺骨的衣角搧的耳光
熬冬

冬天到來時
樹木就會病痛
落花的愛情也是如此
革不了命的革命更是如此。

悖理

期待從不將至
然，我們還是要等待

世界來來去去本是人生地不熟
生活如機械般的存在充滿著疑與惑
我獨自留於陌生世界

自離開母親子宮起
我們已然隻身一人
這世界的異鄉人

宿命的花朵開了謝了
死亡是個獨立個體
死亡既不是行動也不是個經驗
死亡是個不受干擾、不易摧毀的個體
當然，諸神早已死去

可是我們仍要等待
等待著不會到來的孤島
要像已成過去的今天，等待明天

要像明知花謝也要盛開
我們的等待命中注定
明知枯萎
也要以傾身之力綻開實存之花
這就是我的宿命

我的薛西弗斯
今天也流著汗
推著石頭爬山。

鳥

——畢馬龍*

鳥死化成樹
只要專注牠那哀怨的眼神就有所知
鳥爪貌似樹根
那是牠們同類的最佳證據
翅膀是鳥的慾望
翅膀總是讓牠筋疲力盡

每當鳥疲憊時
樹木是牠的安身之處
鳥迫切的希望自己是棵樹
此慾望讓爪子貌似樹根
迫切之心總能如願
鳥坐在樹上學習變成樹的方法
起風時隨樹搖擺，下雨時相伴淋雨
失去慾望的翅膀不再是翅膀
樹上的鳥也不再是鳥
牠如天上噗通掉下來的一顆果實
溫柔的摺起翅膀靜坐於樹上

＊希臘神話中的雕刻家，愛上自己雕刻的女雕像。

形成一顆完整的果實
渾身解數的變成一棵樹的鳥
寂滅換來無限喜悅
及虛若無物
沉默不語的鳥
在宇宙中心深深的紮下了根

歪讀沈清傳

近來證實沈清數世紀以來因無數的歪解與偽證
被迫裹著孝女的長衣[1]扼殺了其真實面貌

十五歲，貌美如花的少女
比金星還要明亮的眼眸，比茶花還要紅潤的朱唇
透明如白雪的皓齒
美若天仙，連風都在覬覦

如花似玉，連日月都想占有
沉魚落雁
清兒，清兒，我閨女清兒啊！
今天阿瑪維瓦伯爵[2]也在覬覦如花似玉的蘇珊娜
開朗美麗的清兒十五如春
地主垂涎，僧侶陰險
擁者更想擁有
享者更要享有
沈學圭[3]因貪婪而瞎了眼

---

1 朝鮮王朝末期貴族女性，在公共場所都得穿著長衣遮住臉和上半身。
2 阿瑪維瓦伯爵與蘇珊娜，皆為羅西尼歌劇《塞維亞的理髮師》中的主角。
3 沈清生父。

有權有勢者因私慾蒙蔽眼睛
因此費加洛[4]終日苦惱
三百石供米原是深不見底的沼澤
伯爵老想引誘蘇珊娜
僧侶老想誘惑沈學圭
龍王老想迷惑沈清
噢！貪婪的阿瑪維瓦呀！
爾虞我詐時代的意識形態呀！
最終毀了十五歲少女
其身蒙上孝女標籤的面紗
集體的意識形態以她的死為榮
炫耀又踐踏
十五歲粉紅花瓣的處女膜不停的顫抖

所羅門，救我啊！費加洛需要閃亮的智慧
比茶花還要紅潤的蘇珊娜需要堅守貞潔
快來救救沈學圭家的小姑娘啊
溺死於蓮花浮海的清兒，綻開一朵觀音
羞愧的皎月躲藏於雲的背後
世上所有花朵無語的以葉掩面
去他媽的西伯利亞！
穿破處女膜的西藏僧侶厚顏無恥的討錢
去他媽的鞋帶！
盡情地穿破初夜的地主得意的嚷嚷

4 莫札特歌劇《費加洛婚禮》中的主角。

老兄，處女膜是危險之物
那兒紅色鮮血將會帶來災難
有權勢的我們必須要以神之名破解災殃！
這是神聖的我們的義務！
輕浮的費加洛你可知否？
喂！愚蠢的瞎老頭，你是否也知？

II 火窯三溫暖

噓！男僕*

男僕你這傢伙
快把面具摘下來
你玩得有夠久的了
四十六年，掩藏漫長歲月的面具
現在摘下來吧

我，既不善
我，也不美

說實話，你我鼻涕掛兩行的兒時
曾偷過學校前面商店裡的餅乾
還扁過好友，讓那端正的臉流鼻血
噢！
而你還能嘻嘻哈哈的樂活著
一副模範生的樣子
獲得獎狀，享受待遇，活得有滋有味的

---

* 말뚝이，韓國傳統面具之一，原為牽著馬鼻環的人，後指男僕。

長大後
腳踏一條、兩條、無數條船
糟蹋著雙眸善良的女孩們
結了婚還在其他裙角上處處留情
然後
晚上厚顏無恥的拉下妻子的胸罩

更—更—更—
令人作嘔的是
對著朱顏綠髮的純真學生
打開書本，坐好
揮舞著白色、黃色粉筆
正確用語、標準拼寫法

一副自以為是的口沫橫飛
面對偷偷塞進的賄絡半推半就
然後高傲的若無其事的站在講台上
哼！擺著臭架子
哼！闖進光明的世界
得意忘形
載著教師面具大玩特玩

如今，男僕你這傢伙
快把這令人作嘔的面具摘下來
快點！

火窯三溫暖

佛祖舉辦了荼毘式喪禮
從億萬年的未來到來的兜率天彌勒
驟然，劃破境界來到這裡
定坐於熱石窟中
是花瓣還是女高中生
十七歲的觀世音菩薩穿著粉紅色襯衫

露出柔弱純真的眼神
流著苦思的汗水

那花瓣觀音一身輕無捨棄
而身為半百年餓鬼的我
滿是需要捨棄
滿身需要放下

就算不需如大法師燒身供養
更無須如涅槃的佛祖荼毗式的火喪
只少減輕五臟六腑厚疊的五慾
油滋滋的貪婪
主動浸泡於熊熊燃燒的煉獄

全身流著汗水有如贖罪的眼淚
抖了又抖只求一身輕

輕盈的有如燦爛的
花瓣
有如那十七歲粉紅觀音

自畫像

喂！臭防衛！
世人都這樣叫我
託父親不見在之福
四肢健全的我，成了防衛兵
這世界，把我逼進死胡同潑髒水
可我始終沒哭過

無論大家說三道四
我只要搖晃便當，就可以巧妙的擾亂雷達
完成神奇般的防衛，
只要敲打筷子，就可以微妙的癱瘓無線通訊
完成傳說般的防衛……
南島花期很長的百日紅，三個月後仍會枯萎
而穿著綠色軍服的我
可是個盛開六個月的花樣防衛

大尉之上有防衛
防衛之上有花防衛
對某些人而言

我是個丟出轟隆隆令人羨慕的花梗
可我是個父母雙亡的獨子
蒼天茫茫無父的孤獨之子
既不是神之子，也不是花之子
思念逝去父親的孤寂之子
啊！心痛的臭防衛！
悲傷的，花防衛！

一份狗日的愛情報告

乳臭未乾的九歲那年，
放學回家的路上看到正在交配的狗
烈日的大白天可惡的臭狗
相互激烈地對著屁股在我眼皮下熱戀
兩體合二為一
共享沸騰的柱子

成為一體的氣喘吁吁燃燒著
毫無忌憚的合體的愛
毫無留情的打擊撲通撲通幼小心靈
是難為情？還是眼紅、忌妒？
我拿個石頭丟過去
啪！剛好打到那傢伙的額頭
這對狗男女
不以為然的瞄了我一眼
沸騰的柱子更加激情的交合
公母一體的祕境終究沒能解惑

噢！驚哉
那深處融合熱血、銷魂的命根子！

噢，偉哉
你的我的，合二為一沸騰的合體！

不知不覺的，邁進看眼色的中年歲月
猛然懷念「狗日的靈魂」
狗日的，
這世上最沸騰、最美麗的結合
你我交合更加堅定的合二為一
就算莫名的被石頭打得頭破血流
毫無畏懼年幼無知所擲的石頭
那熱血的姿勢，令人懷念啊

愛情

無論何時何地都應理直氣壯
這是那天我學到的一課！

從世俗中學習 之一
——小心眼的女人

女人，還是小心眼比較好

比起有求必應的爛好人
如賣血腸的大嬸，心胸寬闊的女人
頑固不化嚴厲的女人
如緊閉的魁蛣

只要答應就緊咬不放，
像個母狐狸的女人
如松明容易燃燒的女人
致命吸引力的女人

小心眼的，女人
優質的，女人
我喜歡。

從世俗中學習之二
——初戀

初戀總是令人痛苦
對方好……肚子痛
對方不好……心痛
在一起……頭痛！

高速公路休息站
下腹發瘋似的絞痛
讀到公廁牆上塗鴉的字句
哇～，至理名言啊
笑容如爆米花似的爆開

是啊，初戀至始至終都讓人痛苦！

嗯，頭冒冷汗
擠出體內深處糾結成一團
可惡的蛇出來
瞬間，疼痛不可思議的煙消雲散
世界一片光明

現在真的不痛了

恩美呀，但願妳幸福！

莊周之夢

夢幻之坡開起花來。
香氣，那香氣支配起世界。
蝴蝶呀！飛吧飛呀
百年才一次的生命之花綻開了
開在五月陽光最耀眼的翅膀上
我的思維喝著甘甜的蜂蜜一醉千年

一顆花的種子飛進我的頭殼裡發了芽
每個關節長出芬芳的葉子
一隻蝴蝶呼呼振翅
做著越過弱水的夢
砍掉松樹的根
沉睡於六月森林
不見桃花盛開的武陵桃源
刺槐香氣如潔白的桃花
隨松風往西飄散，月亮
遠遠的
以觀音像升起。

夏卡爾求婚記

所有的詩人總在某處垂死
所有的詩人總在某地誕生

清晨尿急而醒，難得拍了拍妻子。平岡公主垂老的腰，在朦朧的剪影中顯現，跟了個比溫達[1]還要傻的丈夫，貼邊長裙[2]濕透了五百年。妻子淨白的乳房是神聖的各各他山丘，我如吸奶的小小耶穌，將懷珠抱玉的臉埋於其中。妻子做個橫刀出鞘的夢，自己有如仙女般越過彩虹橋，卻被折返回陽間，這如同回到地球的宇宙船，飛進大氣層，重心一晃，千鈞一髮的瞬間。

此時，

再也無法忍受的棕櫚樹猛往天空直衝
碰！鑽破了天
天—機—洩—漏

1 平岡公主夫君。
2 朝鮮宮廷或兩班婦女穿著鑲有金箔或金線的長裙。

數億隻白蝴蝶衝破天空飛來
雪，下雪了
覆蓋世界所有的五慾
冬天樹枝的末端
在到來的花期裡
樹根瘋狂似的發癢。

亭子埔口

故鄉大海全身上下在哭泣

出生於海邊的我
罣丸都凍僵的火辣辣
也只能與冰冷的東海勾結一夥的過著
兒時曾經一身瘀青著

那時候的我不懂得默默地哭泣
也不會提問生命的疑惑
隨著流逝群星的銀河之谷走去
或踩著直衝石子的海浪音階
那是我所有完成的偉業
可誰會知道
童年，是個海市蜃樓的夢幻時光
是個奇幻的編年史

如同物換星移
當發著天色青春期的某個時刻
五月的春海如同穿著校服的女高中生端莊文雅
我朝向飄逸著碧綠裙子的大海走去

或高呼遙遠的水平線
咚、咚、咚打水漂的石子不停的彈跳
也許就像撲通撲通打水漂的石子往水上飛奔
我也想去找尋愛情
尋找愛情之路，總有一天
如打水漂的石子，失去速度沉去，
或化成孤寂的鵝卵石沉沒，
只是我沒有明白

突然有天，立於知天命的大海中
卻仍弄不明白天意
天意如打水漂的石子，為一顆飛去的流星
在近處劃下發光的驚嘆號

我的耳朵仍食而不化的堅硬
我的眼睛仍看不清的睜睛瞎子
我要在何處劃下如流星般明亮的驚嘆號呢
噢！無窮無盡的大海呀
請啪啪啪的有如用竹篦抽打我吧
請軟化我這頑固不靈的眼睛與耳朵吧

就算不流淚，
大海也會赤腳奔來，舔吻我的腳背
就如老牛舐犢
以傾身之力舐著我
兒啊，沒關係！兒啊，沒關係！
當以蒼蒼白髮粉碎時
以心傳心的為我哭泣。

今天正是
死得其所的好日子

今天正是死得其所的好日子
所有生命與我情投意合
所有聲音與我合唱的渾然一體
所有美好都融於我眼裡
所有雜念都離我遠去
今天正是死得其所的好日子

環繞著我的那平和之地
終於結束循環的那原野
充滿歡笑的家庭
守在身邊的子女
是啊！今天不離去，等何時再走
呢？
如同歌唱的道斯族印地安人
我的靈魂同如輕盈的羽毛某天
卡擦
含著這世界最後美景的雙眸
如同碑文般射向夕陽
我決定欣然的死去

死後永遠的幸福

今天正是死得其所的好日子
死的正是五福全歸之日
死吧！
慾望啊！生命啊！

可是
就在最後一天我的思念
汪汪
如同被賣去的狗，斷掉狗鍊
拚死拚活得從死亡中逃脫

今天正式死得其所的好日子
所以
是個活著更美好的日子
活吧！
慾望啊！閃亮的生命啊！

今天是個活得其所的好日子
所有生命與我情投意合
所有聲音與我合唱的渾然一體
所有美好融於我眼裡
所有雜念都離我遠去
今天正是活得其所的好日子
環繞著我的那平和之地

重新啟動循環的那原野
充滿歡笑的家庭
守在身邊的妻小
是啊！活著不是祝福，那什麼是祝福？

眼淚的鹹度

眼淚是我多年來的養分
來到這世界第一次嘗到的滋味也是它
兩掛鼻涕的五歲
對鼻水的滋味迷惑的幼年

九歲緊握拳頭發誓

嘩嘩嘩的流了鼻血
了解了熱呼呼血水的滋味

嚐過淚水、鼻水還有血水的我
已經
嚐遍了我所有的滋味

同時
懂了
淚水、鼻水、血水
全都變成鹽醬的事實
神
為了保存我

防止腐敗
隨著年紀發酵
把我全身適當的鹽醬起來，明白了。

醃泡菜

把嚇得一身青的她躺在砧板上
如同普羅克拉斯提斯*把腳切成適當大小
脫下綠色的裙子
露出她那鮮活的黃色肌膚

貪婪總是殘酷

朝著她那如小鴨般的肌膚撒鹽
鹽這傢伙像個吸血蟲黏上去
死命的吸出體液

她四肢垂下
失去抵抗的肉體奄奄一息的沉默
劊子手絕不沉溺於此情緒中

佯裝弔問似的低下頭
剝著洋蔥流淚
有如鱷魚的眼淚

---

* Procrustes，古代希臘神話中的強盜。

邪惡的慾望需要一點演技
用紅色辣椒把她裝殮
整整齊齊的安置於陶棺
逐漸發酵而成的貪婪

吞，慾望就如伊甸園裡的蛇盤纏著。

牛金花

面對你
慚愧呀！
美麗的黃色牛金花

小時候
只要有母親的奶水就感到，幸福過

眼睛純真無邪的如明亮的，星星過
那時就如這牛金花的花色
將黃澄澄的黃金*，痛痛快快的抛向世界
閃亮的黃金曾是輝煌的驕傲
是母親的，喜悅
一身清清白白
如李子散發香氣

一轉眼
成為罪孽深重的不惑之年

---

* 韓文的牛金花為애기똥풀，其中똥為糞便，故此詩裡的黃金為雙關語。

我，慚愧啊
失去金黃純色的我
散發著臭氣，成了變色的我

致蝴蝶

我寧願年老受點苦後而死
雖說少年苦千金難買
我倒覺得千金難買老年苦
如果過於幸福
老的跟鬼一樣也不想死時
這醜陋怎能了得

人類最苦的煩惱
就屬與心愛的人生離死別
我，可不要自己的離別受此苦
謝絕極其幸福的老去
所以
可否在更老之前只要稍稍幸福就好
與偷賊般的風
熊熊燃燒心中的火後重逢又有何意義
如凋謝的花隨風而逝
我，但願也能如此離去。

III 愛情物理學

愛情物理學

質量的大小與體積不成正比
如紫羅蘭*般嬌小的那女孩
如花瓣搖曳的那女孩
以超越地球的質量吸引我。
剎那間，我

如牛頓的蘋果
一股腦地滾落於她面前
咚、咚咚發出聲響

心
震天動地
持續搖擺
那正是初戀。

* 韓文原文為제비꽃，學名為Viola mandshurica，中文名是紫花地丁。另有一說為紫羅蘭（學名為Matthiola incana）。此採用紫羅蘭之說法。

再見，狐狸

風中升起了長尾的鰩魚鳶
夏天正在離去
狂風中
我那揮盡靈魂的夏天，嚎啕大哭的遠去
長長的尾巴，她是隻不折不扣的狐狸

挖掉我心肝樂呵呵拿著玩耍的狐狸
起風的夜晚
飛起一頭長髮的狐狸
隨風搖擺的柔軟尾巴
我，瞬間被迷惑不怕死的魔法長尾
旋轉著風大顯神威

哭得紅通通，瘋狂的花朵
雙眼熊熊燃燒，眼盲的花朵！
你也踉踉蹌蹌踏著空離開啊
暴風的傍晚紛飛著鮮血的落花松
吹走挖掉我心肝，樂呵呵拿著玩耍的
迷惑的愛情

深邃的黑暗
比黑暗還要深邃的絕望，在變成野獸前
如同斷掉手腕上的動脈，該是緣盡的時候了
暈眩，大顯神威的讓我神魂顛倒
長髮飄逸的狐狸
噗哧，該像鳥一樣放走的時候了

思念綻放一朵花

畢業三十年後的冬天
離故鄉千里遠的首爾藥水站附近
打開歲月之門走進小學同學會裡
英泰、美淑、貴順、光洙、德秀、宗蘭……
遺忘的名字有如路旁的草花
似曾相識的面孔最後掛上記不住的名牌

加上濃情燦爛的野花齊開綻放
大家，套著四十五年的歲月
開著只有十三歲的花朵
有的花朵為我笑顏綻放
我也為某些花朵喜笑顏開
春來夏去
我們如蒲公英的種子飄散
在陌生的地方
為誰笑
為誰哭
默寫
背九九表
玩捉迷藏時候的我們

弄不清三角函數都無法解開的愛情
更沒搞懂極限值為零的人生

愛啊，
明白思念必將重新綻開花朵
費了五十年呀！

吾愛芙爾德[1]

看到從粗糙的樹皮中鑽出來綻開的辛夷[2]
刮著昏暗冬天監獄的牆壁哭泣
她回顧傷心欲絕的過去
心好痛啊！
那是個冒著生命危險的逃獄
哪有不痛的人生

可她要承受的季節尤其殘酷
節節斷裂的手指
望著啪啪爆開的哀切渴望

露出燦爛笑意的辛夷眼睛，友善的閱讀著我濕潤了
我在她那閃閃的花淚中
看到渺茫的輪迴之海
在萬劫不復戰爭的某個時代
看到我愛過的女人

1 forte，此採音譯，為音樂強音符號f。
2 辛夷，又稱木筆花、望春花、玉蘭花。乃春天開的花。

我們必定是一對戀人過
如果我是牛郎，那妳一定是織女
是的，我們一定相愛過
一定，一定，非常相愛過
不畏懼戒律、律法及死亡
燃燒熾熱的靈魂
然後
我倆璀璨的愛情，招眾神妒忌與厭惡

噢！我們終究被驅逐
罪孽深重的我披上人皮
美麗的妳頭戴花頭紗
如牛郎與織女，我們也遭懲治

一年一次
以人與花朵來重逢
承受著只能以眉目傳情的天刑
也因為如此
妳看我的眼神如此哀怨
而我望著妳明亮的眼眸
讀到悲傷的淚水

噢！辛夷，我的愛！
我們的來生在哪兒呢？
或許我是風
或許妳是雲
我們將會因望眼欲穿而重逢

更熾熱更深刻的相遇
就算再次被打入椎心之痛的大海
比死還要可怕的，我們的愛
突破奇蹟，穿越無量壽的編年史
再次燃燒
再次盛開
再次呼喚
噢！美麗的罪啊！不滅的吾愛呀！

我是一匹狼

我是一匹狼，是個孤獨的傳說。也許看起來像隻狗，可我不是狗。當然有過一次覺得當隻狗也不錯，那就是希望像狗一樣哀切的在妳面前，但我明顯的不是狗。妳可知道我為什麼望著月亮就會嗚嗚嗚的嚎叫嗎？因為我想熱切的擁抱妳，但我不要搖尾乞憐。我不是狗，所以不會隨便亂吼亂叫。狗會吠而我是嚎，朝著天空狼嚎，望著月亮哭嚎，就算是嗚嗚嗚的哭泣，也絕不低頭，所以我的淚水不會順著臉頰滑落，只是浸濕沸騰的心臟流下。嗚嗚嗚，化成深淵裡的滾燙雨水掉落。我將一輩子只愛著一隻母狼，妳，我一切的本能只因妳而生。

我再說一遍
我絕不會搖尾乞憐
我絕不會像狗一樣狂吠
嗚嗚嗚，我的哭嚎傳抵蒼穹之盡
那裡有個如妳般的皎月
我將再朝著月亮哭嚎
但絕不輕見淚水之物
因為我是一匹狼

傷悲也要抬頭挺胸，淚水流進沸騰的心臟
嗚嗚嗚
恰似妳的月亮，恰似月亮的妳
我要徹夜的狼嚎
狼嚎乘著山崗越過
穿過廣漠的山嶺、原野
嗚嗚嗚
直到這世界所有的青色耳朵聽到
直到狼嚎聲感天
直到月光觸動傷情，淚灑江河爍爍為止
我哭嚎著
淚水總是只有留下來的人感到發燙
如同藍天的星星，看不見罷了

我內心深處
渴望的淚水，滴答滴答如星星般閃耀
就算閉上雙眼，我的耳朵總是甦醒著
降落於你臉頰的清晨露水聲
每個嘆息的花席撕裂的聲音
嗚嗚，痛苦的浸濕於月光中。

調信[1]之夢

想起花來
一個熱血青年最後的念頭
滲透帽子嘩啦嘩啦流下來的血
綻放成火熱鮮花的那男人
想起那慘烈的激情與熱愛
放棄一切，連根本也拋開

只有為目標的唯一夢想

好諷刺啊
餓著肚子衣履闌珊的乞討之際
最礙眼的人竟然是你
令人厭惡的本質竟是愛情

忘記吧
虛無的我，二律背反[2]的我

---

1 神話《三國遺事》〈調信之夢〉中的新羅僧侶。

2 康德的哲學概念。同一對象或問題，若形成兩種理論或學說，可各自成立，不過又同時相互矛盾。

就讓陽光層層的曬乾赤裸裸的我吧
極其輕盈後終可忘我時
掏出肝來
再挖出毫無意義活繃亂跳的心臟
如同屈膝跪在世界面前那餓鬼，最終也撈出腸子
一天，一天，輕盈
在秋天的某日驟然變成透明的風吧
如同蜻蜓的翅膀，我
在花開的春天變成閃亮的空白吧
放下無奈的人生
忘記睜開眼睛就不再是，如夢的人生
走向那負薪的寂滅去吧！
愛，你也跟著我走吧！

調信的波羅蜜

某個春日
我，談了個美如似花的愛情
飄飄然的
結果，連風都愛上了
渾然不知花兒凋謝
渾然不知愛情凋零

在夢中也相愛
全盲與青盲相愛了
瘋狂地相愛了
那愛情，
是個永恆的黑暗

雨朝向世界
無止盡灑起
我，光著腳化成雨滴一起流下
摩訶般若波羅蜜多
浸濕你石墓的淚水
流啊流向大海
流啊流啊

流向天穹
化為滅絕而離去。

辛夷日記

四月啊！我來了
尋找德米安[1]、小王子、海鷗喬納森[2]
突圍難以承受的羞辱我來了

其實，人生如槍口岌岌可危
砰——，霎那間世界燒滅殆盡

就算心臟之花如茶花般凋零
四月啊！我終究還是來了

冬末
每每抓破的傷痕咚咚的流血
花開了
心跳了
血流了，妳綻開了，我心跳了
一閃一閃，星星發光芒

1 赫曼・赫塞長篇小說《德米安：徬徨少年時》。
2 李查・巴哈小說《天地一沙鷗》海鷗名。

愛

不是征服是要調教的
捕獲雷電，以撲通撲通鼓動的心來馴服
欣然捨身殉命
所以四月有著深邃的雙眸
而我在每個抓痕上繫上美麗的花燈
既使砍掉雙腳也要向妳走去
請不要問我為什麼，花兒
在那，劃下十字架
隨著朝向西方的星星軌道
我只是走了又走
這殘酷的季節
將妳有如生命般擁抱，

織女日記

今天是跳出這星球的好日子
請脫掉信頭翁耀眼的翅膀與波斯菊的內衣再走吧
我就是離開這星球的痕跡

走上五百左右光年就能相逢嗎
走去你住的星球是趟孤獨之旅

在小矮人住的綠色行星及，帶刺的玫瑰等待小王子的
小行星 B29 上短暫休息應該也不錯
經過雙魚座時請注意膨脹的太陽風暴極光
弄不好我們的記憶有如絲巾般咻的會飛走
這樣等見到我時將會認不出你來
這將是有如暗無天日最原始的悲傷
啊！我遠遠的看到你了，趕著羊群吹著笛子的你
我離開的星座開始耀眼的閃爍了
我因見到你，我的星星開始變成超級新星了

是的，有你足矣
死而無憾
我願花謝般燦爛

薛西弗斯[1]愛情法則

我那蔚藍的日子時常盛開著花朵
星星，清風，陽光．雨水
也想張開雙臂擁抱
如同佇立於原野的樹木

可是，命運從不眷顧我

有如貝多芬總是讓我哭泣
有如咆哮山莊[2]撕裂著我
季節馱負著季節
記憶覆蓋著記憶
迷路的時間以消瘦的手指摔掉大地

星星、清風、雨水、陽光依舊如故
唯有我的疑問總在你面前迷失方向
咚，推向山頂上的石頭再次滾了下來

1 Sisyphus，希臘神話中的人物。惹怒眾神，神讓他雙目失明，懲罰他將一塊巨石推上山頂，且到達山頂後巨石又會滾回山下，如此永無止境地重複著。
2 英國文學經典名著，英國文學家艾蜜莉．勃朗特的小說。

支離破碎的心懸掛於山峰上
滾燙的肝天天被啄食
愛情啊！
你是我的渴望
是永遠到不了的海市蜃樓
是連靈魂都要被啄食的神話之肝
是推了又推
再次滾下來的絕望之石。

情書

在攀牙灣*搭上陌生船
船嘟嘟囊囊的使性子攪和水波
妳也總是使著性子攪和我的大海了吧
船總是到達陌生之地
而妳也總是前往陌生之處
攀牙灣
由在海上也生長的苦惱之樹所形成的島嶼

這些樹的腳泡在海浪中看得我兩眼發冷
我也撫摸妳浸在大海裡的樹根
喝到爛醉如泥
有如漲潮般湧上心頭的思念
拭去無法沉眠的腳印
吞沒個不知名的純情之島
在沒有妳的大海裡擁緊妳
而妳如同退潮般離去也一定會離去
沙灘上冰冷的腳印
把我種下
在極鹹的大海中紮起根成為痛苦之樹
光著腳再次等待著妳。

＊（作者註）攀牙灣：泰國普吉島附近的海上國家公園。

大阜島戀歌

思念有如日出湧上心頭時
你，去大阜島吧

雙腳腫脹的熱望
全身捲曲成苦惱的秋天大王蝦
去見噗通噗通鹽烤成紅通通

充滿大海美味的死屍吧
參加芬芳的火刑儀式吧

像是軌道上一去不復還的星球
隨著退潮送走離去的愛情
發狂愚蠢的戀情，如酒菜切好擺上
幾瓶燒酒
啊——噴發痛苦的嘆息聲

歸去，歸去，棄我歸去
今吾何以生，棄我歸去*

* 高麗民謠〈歸乎曲〉。

滿面紅光的傷感，以一段古曲隨海風飄搖
有如離去半道跑回來的癡情戀人
瞬間，愛之潮水湧上腳來
嘩嘩嘩
沒有你我活不了啊
徹夜哭泣的大海，傻氣的大海
抱緊吧！
摟緊吧！

登上天王峯

登上山頂就可知道
思念如何變成了山
沉默的山峰哭了又哭
以更加深厚的耐力
流的淚水積成大海的歲月
你就知道

大海為何有著淚水的鹹味。

智異山
以山的姿態淋了億萬年的雨
以山的型態哭了億萬年
可是，
等待的義務與愛情的緣由
就不要問了
因為真切的呼喚總是觸動靈魂卻傳不到耳裡

愛情啊！
我就是這樣來到妳面前。

Ⅳ　不肖子

告解聖事

仲秋佳節
從療養院出來散散心的八十歲老母
興奮的像個去郊遊的孩子
松糕般的圓臉滿是笑容

母親的記憶有如故障的黑膠唱片

問了又問
已過氣的孫子近況

過了今夜
或許察覺到再次要踏上流亡之路
突然，狂飆惡言與謾罵
氣勢洶洶的萬箭穿心
勁風暴雨的母親，
有如刺客的母親，
被惡言的亂箭橫掃的妻子
傷痕累累，千瘡百孔
暴風雨過後的原野
風平浪靜

如魔幻般的母親變臉！

對不起啊！兒啊！
原諒我吧，拜託你原諒我吧
老了，老不死的我是個罪人啊

母親的告解聖事
清如明鏡
穿透我心，穿透億萬個黑暗之路
直達遙遠的天際
滴滴答答溼透的星星掉落於腳背
心揪的打錯拍子

沒關係
沒關係，母親
你只是生病了而已
搖身一變成為祭司的兒子
以天父之名
寬恕這女人
．
．
．
．
向那女人，
祈求饒恕。

不肖子

再也無法獨自一人住在老家
八十三歲，失智的老母
送進住家附近的療養院

設備好，朋友多
在那兒母親也方便就診

不到一年光景妻子舉手投降
有如光鮮亮麗的山杏
人人讚譽有加，然
厭惡老人味、尿騷味
咬牙切齒媳婦照顧病婆婆
我雖高聲怒斥，也無能為力
終究把母親送去妥善之處

兒呀，不能跟你們回去住嗎？
媽，這兒比家好太多了
我硬生生的對著母親睜眼說瞎話
提著總有一天自己也會被丟棄的恐懼

驚惶失措的回到家人懷抱裡

高麗葬*算什麼
丟下孩子一群又老又病的人湊在一起
死不了的苦命這不就是高麗葬

被母親狀態良好時說的幾句話，刺痛的
如病懨懨的喪犬踉踉蹌蹌
二十一世紀混帳的高麗人回家了
成為天下第一不肖子
我呸！禽獸不如的山杏

＊韓國高麗時期，將年老父母及多病子女丟棄在山中墓坑，等死後舉行葬禮。

予取予求

她是我的飯票
從來到這世界開始
她
就屬於我的，我的獵物
總是順從善良的她
是布施波羅蜜

在我魯莽的闖入世界
吊掛於陷坑裡呻吟時
抱著我
比我哭得更兇更久的人也是她

她不是飯票就是我的錢包
是我永遠的鐵飯碗與銀行
出賣她上大學
敲詐她買公寓
這段時間，世人
叫她大——嬸，
也稱呼她老——太太
而我隨自己高興，我行我素

噢，媽！
噢，money！
任性的叫著

如今老了，咬不動的飯票
破舊廢掉的錢包
白髮蒼蒼失智藥罐子的我媽
取之不盡的我的飯票！
母——親！

無罪

有效期限已過的她
丟棄於山中
北邙附近高麗葬址，失智安養院

不知從何開始
春來不知曉
夏天穿冬衣

忘了女兒名
到底靈魂有多疲憊子女都記不得
如今她不再是個人
已達到高麗葬的標準

雖非故意
伊底帕斯殺了他的父親
雖非有意，我
將殺掉連剩餘的記憶都遺忘的母親
這是無可奈何之事！
就如錯不在伊底帕斯
所以我也無罪！

——去你媽的，殺千刀的混蛋

王八蛋

住在失智安養院的我老母
每晚都在打包衣服
懷著回兒家的唯一希望
承受著遙遙無期的流放日子

等我兒來了，我要跟他回家去！

妻子動不動打包牢騷
金錢，子女，婆婆，一堆問題、問題、問題、問題……
你就是個大麻煩
王八蛋，我再也不要跟你過啦！

不要跟你過啦！
不要跟你過啦，乍聽好似因沙拉*

噢，因沙拉！

---

* Inshallah，阿拉伯語，依阿拉的旨意，中文俗稱聽天由命。

我丟棄了生我的女人
生我孩子的女人，想要拋棄我
這荒謬的人生

王八蛋！
這裡
那裡，我皆是

獻上父親

將父親獻上大地
淚水簌簌，
我心允您化為一杯黃土
大地大口，大口，吞食的血盆似的嘴！
種了一輩子田的農夫
感謝又內疚的苦命

如今，輪到您來回饋了

盛進木碗裡的最後個男人
希望絕望
僵直成硬梆梆明太魚乾的男人
是我根源的男人
將大地的五臟六腑祭在供桌上
搖動的山河
回頭一望
大地腹肚已不知不覺得鼓脹起來。

鯨魚傳說

父親是鯨魚
呵呵呵的笑聲，如雷的吼叫
轟然聲響，地動山搖
是力拔山兮氣蓋世的藍鯨
尋找徵兵被拖走死掉的大伯
從中國東海到阿拉斯加海域

簌簌揮灑淚水回鄉
是個有如泰山般委屈的白鬍鯨魚
扛著大麥麻袋輕鬆走上十里的壯士鯨
一口氣背上金剛松橫樑的將軍鯨
愛子心切的，深海大帥哥抹香鯨

某天
邪惡閃電的刀槍，突襲
刺射藍鯨的胸口
尖銳的倒鉤鑽進心臟
血淋淋的拔出詛咒的鐵條
喜歡唱歌喜歡與人接觸的座頭鯨
就這樣死去

父親被作保的魚叉貫穿
良田沃土一一的如風般消失
抹香鯨失去歌唱
漂泊於無止盡絕望的大海裡
成為聲嘶力竭的酒鬼鯨
就如擱淺於海灘上的自殺鯨
迷失方向
失落的醉倒於路旁，坡陡，山丘上

——可是，人類聽不到藍鯨深沉的低頻率哭聲，我卻聽得到——

肝硬化的酒鬼鯨父親
腹部無法置信的如鯨魚背鼓起的那天

急促的吸口氣斷了
就這樣變成了自殺鯨
撒在太和江河口上的父親骨灰
隨著河流，隨著海流
流入中國東海、阿拉斯加及遙遠的南太平洋
化成鬼鯨離去
那天過後
遙遠的長生浦或方魚津近海
每在鬼鯨哭泣的夜晚
我的心臟，我的頭顱，爆裂似的產生共鳴
發出喇叭嗚嗚嗚低頻率哭聲
成為鯨魚的父親與兒子
祕密的傳達電報

在廣袤的人生之海
神不知鬼不覺的以低頻率聲哭泣，

返鄉日記

應該是後山的栓皮櫟
緊抱著蕭瑟的山影
你這傢伙你這傢伙啊
每當紅葉掉落時，就會哭泣
一葉一葉
栓皮櫟哭了

母親哭了
可我，是個一陣不懂事的風
是個幼稚的咚咚釘住的鐵柱
不知不覺
眼淚化為寒霜掉落
後山的槲櫟凋謝了
啊——啊——
槲櫟徹夜呻吟
內心的鐵釘火燙生鏽的聲音
罪孽深重的我
屏住呼吸採下清晨的露水
靜靜地埋藏於枕套中。

妻子的魔法

施展魔法了
轉過身離開座位的丈夫
折起洗好的衣服
妻子施起初夜的魔法
縫口與衣領*，一針與一線
搓洗世上的塵土，沾染的汙垢

在陽光照射下成為硬挺的內衣
整整齊齊的堆疊如塔
我輕輕的疊於她身上
我的內褲在她的內衣之上
她的胸罩在我汗衫之上
雙雙對對
翻雲覆雨
哄睡著魔法的初夜。

＊ 韓服的衣領在製作時，不與上衣連接，必須要放進上衣縫口裡縫合起來。

致女兒，致蓋亞[1]

女兒的聲音被盜了
深夜發著火燙的燒
如回音女神失去話語
聒噪的三色堇收起所有的閒聊
暴風雪的夜晚如同野獸般突襲而來
女兒如晦日的海浪般生病著

全身如波濤拍打的咳嗽聲
遠方挺直的松枝斷裂聲
咚咚咚，處容[2]的父親徹夜未眠
尋找瘟神朝向雪原飛揚

片片綻開美麗的花朵
枝枝疼痛珍貴的花兒
父親的祈禱粗魯又生硬
世上的暴風雪永無止境
前往的綠色大地如此遙遠

1 Gaea，希臘神話中的大地女神
2 高麗歌謠〈處容歌〉。

可是
女兒啊！為人母的女兒啊！
妳那嘰嘰喳喳綠意盎然的聲音
打開溫暖生命的子宮
呼喚有如嫩芽般的春天
相信妳將「呱呱」地生下清晨的白額
咚咚咚
所有生命之母的妳，
蓋亞的妳，

嘆息

群花遇到春天綻開彩色繽紛的雙眸
若無其事的
風依舊吹拂
昏昏欲睡的思念所有一切
選個陽光燦爛的一天
花兒開了

盛開花朵的世界是那麼的溫暖
誰知，意外地
夏天突如其來
夢裡令人不安的雷雨交加
驚心動魄，目睹
命運之鋒刃刺進花心
有如杜鵑咳出鮮紅的血死去的夜晚
連在夢裡紛紛傳來花兒的哭聲
世界突然停電似的一片漆黑
所有的本能迅速地開始退化
並以此證據在肋骨下時常嘎吱嘎吱作響
輕輕一碰就會鼓起的妻子觸手
連根都在枯竭

一切有如死亡般沉睡
花凋謝後
從惡夢中醒來的妻子驚聲尖叫
河水隨波逐流
淚水肆意奔流迷了路
只有沙啞成灰白色的聲音四處徘徊
那一夜
我有如禱告
朝向星星殞落的方向佇立著
瀰漫黑暗的內心深處種植一棵黑櫟
撒上一道熱淚。

姊姊的手錶

父親
在黑漆漆的清晨走了五個小時
賣掉六隻哭哭啼啼的黑豬仔
買個手錶回來給姊姊

十二顆閃閃發光的星星

下凡嵌入姊姊的手錶裡
父親
唱著六字謠*陶醉於明亮的月光中

黃花月見草還有姊姊
開了又開美麗的月光
唯父親的時間滴答滴答快速的流逝
第二年踏上了不歸路

狠狠地折斷黃花月見草的凝霜之夜

---

*韓國全羅道地區的南道雜歌。

或許姊也想
跟隨父親黑暗的夜路離去
或許也想偷偷的到
鋪天蓋地充斥著貴重無比的
東方手錶的城市

是啊！
走著走著走累了
休息既可
天旋地轉的這世界
轉暈了沉睡就好

抖抖縮縮暈開瘀青的某一天

姊
折斷黃花見月草美麗的頭
成為賣酒女

姊的
迷失方向的星星
在東倒西歪的酒瓶中滑落癱坐
或許壞掉的時間在一閃一閃
父親黑乎乎的六隻豬仔
或許扯著嗓門徹夜哭泣
或許
或許

LINK 26

愛情物理學

作　　者　金寅育
譯　　者　劉　芸
總 編 輯　初安民
責任編輯　宋敏菁
美術編輯　林麗華　黃昶憲
校　　對　劉　芸　宋敏菁
發 行 人　張書銘
出　　版　INK 印刻文學生活雜誌出版有限公司
新北市中和區建一路 249 號 8 樓
電話：02-22281626
傳真：02-22281598
e-mail : ink.book@msa.hinet.net
網　　址　舒讀網 http://www.sudu.cc
法律顧問　巨鼎博達法律事務所
施竣中律師
總 代 理　成陽出版股份有限公司
電話：03-2717085（代表號）
傳真：03-3556521
郵政劃撥　19785090 印刻文學生活雜誌出版有限公司
印　　刷　海王印刷事業股份有限公司
港澳總經銷　泛華發行代理有限公司
地　　址　香港新界將軍澳工業邨駿昌街 7 號 2 樓
電　　話　(852) 2798 2220
傳　　真　(852) 2796 5471
網　　址　www.gccd.com.hk
出版日期　2017 年 6 月　初版
2018 年 4 月 20 日　初版四刷
ISBN　978-986-387-183-5

定價　300 元

國家圖書館出版品預行編目資料

愛情物理學／金寅育 著.
劉芸 譯. --初版. --新北市中和區：INK印刻文學，
2017.06 面； 14.8 × 21 公分. --（Link；26）
譯自：사랑의 물리학
ISBN 978-986-387-183-5（平裝）
862.516　106009804